Elke Heidenreich
Nero Corleone

Elke Heidenreich

Nero Corleone

Eine Katzengeschichte
Mit Bildern von Quint Buchholz

Carl Hanser Verlag

8   9   10   99   98   97   96

ISBN 3-446-18344-2
Alle Rechte vorbehalten
© Carl Hanser Verlag München Wien 1995
Satz: Reinhard Amann, Aichstetten
Lithos: Brend'amour, München
Druck und Bindung:
Franz Spiegel Buch GmbH, Ulm
Printed in Germany

Für Leonie

Die Madonnina lebte schon so lange auf dem Hof, daß niemand wußte, wie alt sie war. Zehn Jahre? Zwölf? Sechzehn? Oder vielleicht doch erst acht? Den Namen verdankte sie ihrem hellroten Kopf, dessen Fell genau in der Mitte fromm gescheitelt war, wie bei einer kleinen Madonna. Zweimal im Jahr bekam die Madonnina Junge, im Frühling und im Herbst, und wenn der Bauer die neugeborenen Katzen rechtzeitig in ihrem Versteck fand, dann ertränkte er sie. Rechtzeitig hieß: noch ehe sie die Augen offen hatten und hinter ihrer Mutter her auf den Hof getrippelt kamen. Dann nämlich brachte er es nicht mehr fertig und rief verzweifelt: *»Troppi gatti! Troppi gatti!«*, was heißt: »Zu viele Katzen! Zu viele Katzen!« Aber er ließ sie leben, suchte ihnen Plätze auf anderen Höfen, verschenkte sie, und was dablieb, wurde mit durchgefüttert. Da gab es Paolo, einen alten schwarzgrau getigerten Kater, der kaum noch Zähne hatte; es gab den Schönen Felix, ganz in hellgrau, sehr elegant, aber als er noch jung und vorwitzig war, hatten ihm die Hühner ein Auge ausgepickt; es gab die rote Messalina und Biff und Baff, zwei verfressene Raufbolde, die den Hof ratten- und mäusefrei hielten; und alle Jahre wieder kam irgendein Junges der Madonnina dazu, und wenn es stark genug war, um sich durchzusetzen, war das in Ordnung. Chef auf dem Hof war der alte mürrische Hund. Die Hühner waren zwar dämlich, wußten sich aber – siehe Schöner Felix – durchaus Respekt zu verschaffen, wenn man sie ärgerte oder ihnen die Eier unter dem Hintern klauen wollte, und bei den Katzen hatte die kleine, zähe Madonnina das Sagen. Alles hatte seine Ordnung.

Bis zu diesem Freitag, dem 17. November.

Dazu muß man wissen: Unsere Geschichte beginnt in Italien, und was bei uns in Deutschland Freitag, der 13. ist – ein gefährlicher Unglückstag, ein Tag der verlorenen Geldbörsen, versäumten Küsse und Pickel auf der Nase –, das ist in Italien Freitag, der 17. Und der November gilt als Unglücksmonat – wenn also der 17. November auf einen Freitag fällt und wenn noch dazu gerade an diesem Tag aus einem schlechtgelaunten, dunklen Himmel ein böse grollendes Wintergewitter mit Prasselregen kommt, dann bedeutet das nichts Gutes.

Und an einem solchen Tag warf die Madon-

nina ihre Jungen. Es waren vier, und zum allererstenmal war ein kohlpechrabenschwarzes dabei. Nein, nicht ganz schwarz: die rechte Vorderpfote war weiß. Das war aber auch alles. Es war
un maschio, ein Mann, ein Knabe, ein Kater. Ein
schwarzer Kater, geboren am Freitag, dem 17. November bei Donner und Blitz um 12 Uhr mittags,
high noon. O je. Sie nannten ihn Nero. Nero
heißt: schwarz.

Eines Abends Anfang Dezember stellte der
Bauer wie üblich den großen Blechteller mit
Nudeln, Reis, Weißbrot, Milch und einem bißchen Fleisch für seine Katzen hin, da sah er die
vier Kleinen zum erstenmal. Die Madonnina
brachte sie mit und eroberte ihnen Plätze am
Tellerrand.

»Porco dio!« schrie der Bauer, *»quattro! E un
nero!«* Den Fluch übersetze ich lieber nicht, aber
der Rest heißt: »Vier! Und ein schwarzes!« Die
beiden weißgrau Getigerten brachte er in den
nächsten Wochen oben in den Bergen bei einem
Freund unter, der Mäuse in der Scheune hatte
und gern zwei kräftige junge Katzen aufnahm –
sie würden sich ihren Lebensunterhalt mit
Jagen verdienen müssen. Die kleine Rotweiße,
die der Madonnina sehr ähnlich sah, er nannte
sie Rosa, stellte sich beim Fressen und auch sonst

9

so tapsig und dumm an, daß er sie noch eine Weile bei ihrer Mutter lassen wollte, dann würde man schon sehen. Außerdem hatte Rosa himmelblaue Augen, mit denen sie fürchterlich schielte – man wußte nie: sah sie zum Futterteller hin oder schaute sie den Wolken nach? So etwas Komisches hatte der Bauer noch nie gesehen. Und Nero, den kleinen Schwarzen – den bekam er einfach nicht zu fassen. Wann immer der Bauer sich nach ihm bückte, war Nero weg, schnell wie der Blitz und unauffindbar.

»*Furbo!*« rief der Bauer, »Spitzbube!«, und: »*Diavolo nero!*«, »Schwarzer Teufel!«, aber er kriegte ihn nie, und die Tiere auf dem Hof hielten die Luft an und sagten: »Wenn das mal gutgeht!«

Es ging nicht gut.

Nero hatte in kürzester Zeit alles und alle fest im Griff, oder besser gesagt: in seiner kleinen weißen Pfote mit den messerscharfen Krallen. Die Hühner überließen ihm jeden Tag freiwillig ein frisches Ei, nachdem er einmal vor ihnen sein kleines Maul mit den spitzen Zähnen aufgerissen und sie angefaucht hatte: »Ich kann euch nämlich auch so lange durch die Gegend scheuchen, daß ihr überhaupt keine Zeit mehr findet, ein Ei zu legen.« Er sträubte seinen langen

weißen Schnurrbart und rupfte ausgerechnet Camilla, dem mutigsten Huhn, ein paar Federn aus, so daß die dummen Hühner mächtig Angst bekamen und klaglos mitspielten: jeden Tag ein frisches Ei für Nero. An einem Stein knackte er es auf und schlürfte es dann aus. Er schmatzte und schnurrte und kniff seine kugelrunden, giftgrünen Augen zu schmalen Schlitzen zusammen. Aber es entging ihm nichts. Wenn er fast fertig war, rief er jedesmal die dumme Rosa, und sie durfte die Reste essen. Sie saß immer in einigem Abstand bewundernd in seiner Nähe und wartete demütig, bis sie dran war, und er vergaß sie nie. Es schien seine einzige gute Eigenschaft zu sein: die Sorge um die dumme Rosa. Er schützte sie, er gab ihr von seinen Beutezügen ab, er holte sie abends an den Blechteller, wenn sie mal wieder oben im Heu schlief und die Fütterung verpaßte. Auch vor seiner Mutter, der Madonnina, hatte er einen gewissen Respekt — zumindest hob er nie die Pfote gegen sie.

Aber der Hund — der hatte bei Nero gar nichts zu melden. Zwei Tage lang hatte er ihn sich aus gebührender Entfernung angesehen, hatte seine Größe eingeschätzt, die Länge und Reichweite seiner Kette studiert, über seine gefletschten Zähne nachgedacht. Am dritten Tag war er lautlos zu ihm geschlichen, der alte Hund hatte ihn nicht einmal kommen hören. Er wurde aus seinem dösigen Halbschlaf erst aufgeschreckt, als sich ihm eine kleine Pfote – die weiße! – sachte über sein linkes Auge legte.

»Ich bin's«, sagte Nero, »und jetzt spar dir dein blödes Bellen. Denk mal einen Augenblick nach – merkst du was? *So* sieht man mit nur *einem* Auge.« »Was soll das heißen«, knurrte der alte Hund und blinzelte mit seinem freien Auge auf diesen rabenschwarzen Wicht, unsicher, denn so war noch nie eine Katze mit ihm umgesprungen.

»Das soll heißen«, sagte Nero sanft, »daß man mit einem Auge nicht mehr soviel sieht wie mit zweien. Wenn du dich also mir gegenüber mit deiner Bellerei, mit Zähnefletschen und ähnlichem Schnickschnack noch einmal groß aufspielst oder mich weckst, wenn ich gerade in der Sonne ein Nickerchen halte, dann würde ich einmal kurz *so* machen«, und er schob haarscharf neben dem verdeckten Auge eine seiner Krallen in das empfindliche Gesicht des alten Hundes, der laut aufjaulte, »dann wäre das Auge möglicherweise weg und du hättest, wie gesagt, nur noch eins. Das wollte ich kurz andeuten, ich freue mich, daß wir uns verstehen, *buon giorno.*« Und weg war er wieder.

Die anderen Tiere hielten die Luft an. Camilla, das Huhn, seufzte: »Madonnina, was hast du uns denn da bloß ausgebrütet?«, aber die

Madonnina putzte sich ihr kurzes, dreifarbiges Fell und sagte: »Erstens liebt eine Mutter alle ihre Kinder gleich, und zweitens: warum laßt ihr euch alles bieten? Mit *mir* macht er seine Mätzchen nicht.« Und dann sah sie ihm nach, wie er gerade auf die Küchenfensterbank sprang, um von einem Vanillepudding zu essen, der dort abkühlen sollte, und schnurrte: »Ach, und irgendwie finde ich ihn auch süß, den kleinen Racker.«

»Süß?« gackerten die Hühner empört. »Er erpreßt uns und ist patzig!« Und die Schafe sagten: »Er springt uns einfach auf den Rücken, schläft in unserem Fell und läßt sich nicht abschütteln, mäh!« Der alte Esel stöhnte: »Seit der hier ist und soviel herumwirbelt, komme ich überhaupt nicht mehr zum Nachdenken. Vor zwei Wochen hatte ich einen so wichtigen Gedanken, jetzt weiß ich nicht mal mehr, was es war, ich glaube, es ging darum, was eigentlich die Welt im Innersten zusammenhält. Alles weg, ich kann mich nicht mehr konzentrieren.« Messalina fauchte: »Seit der da ist, wird keiner hier mehr richtig satt, er nimmt sich immer das meiste vom Teller.« Und der alte Hofhund blaffte: »Wenn ich den Satan mal erwisch, den beiß ich mitten …« Mitten durch, wollte er sagen, aber die Bäuerin hatte einen Pantoffel nach Nero geworfen, und urplötzlich stand die fauchende, schwarze kleine Kugel vor dem Hund, der einen Hustenanfall vortäuschte, sich räusperte und seinen Satz ein bißchen anders beendete, vorsichtshalber: »Äh, mitten im Winter hab ich doch so ein Kratzen im Hals!«

So gingen die Wochen ins Land, und dann kam Silvester. Auf dem Hügel oberhalb des Bauernhofes lag ein kleines Ferienhaus, das einem deutschen Ehepaar aus Köln am Rhein gehörte. Die beiden kamen mehrmals im Jahr — meist im Frühjahr, zu Beginn des Sommers, im milden Herbst oder auch über Weihnachten und Neujahr — in einem großen alten Auto angereist, mit Koffern voller Bücher. Dann wurden am Haus die Fensterläden geöffnet, es wurde gelüftet, im Winter stieg Rauch aus dem Kamin, im Sommer wurden zwei grüne Liegestühle im kleinen Garten aufgestellt, und dann saß das Ehepaar entweder am Kamin oder lag in den Liegestühlen und las die Bücher aus den Koffern. Wenn alles ausgelesen war, fuhren die beiden wieder zurück nach Deutschland. Immer winkten sie dem Bauern auf dem Hof ein Willkommen zu, er winkte zurück, manchmal kam man sich auf der Wiese entgegen, redete ein wenig über das Wetter, die Politik und Lothar Matthäus, der Bauer brachte einen Kopfsalat und frische Kräuter aus seinem Garten, das Ehepaar eine Flasche weißen Rheinwein, und die Madonnina strich manchmal oben ums Haus und bekam ein Tellerchen Milch.

Nero sah sofort: Aha, da tut sich was. Am Silvestermorgen wurden die Fensterläden geöffnet. Eine halbe Stunde später quoll der Rauch aus dem Kamin und es roch nach Holzfeuer. Trotzdem standen die Fenster noch weit offen. Nero lief durch die vergilbte Winterwiese zum Haus hoch, sprang auf die Fensterbank und, als er niemanden sah, ins Wohnzimmer.

Er war noch nie in einem Wohnzimmer gewesen und besah sich alles ganz genau. Zuerst klärte er mögliche Gefahren ab: gab es Hühner mit scharfen Schnäbeln? Einen Hund? Jemanden, der einen Pantoffel nach ihm werfen würde? Das Zimmer war leer und still bis auf das leise knisternde Kaminfeuer. Im Nebenzimmer gab es Geräusche, dort schien sich jemand an Schränken zu schaffen zu machen, aber hier im großen Wohnraum herrschte eine schöne Ruhe. Nero schritt zum erstenmal in seinem Katerleben über einen Teppich, einen weichen, rosa Teppich mit kleinen grünen Ranken. Vorsichtig setzte er die Pfoten, sank ein wenig ein, streckte sich, machte sich gaaaaanz lang und wetzte ratsch, ratsch seine Krallen in der Wolle. Dabei zog er ein paar Teppichfäden heraus – das gefiel ihm, und er kratzte sich den ganzen Teppichrand entlang ritscheratsche bis zum Sofa. Es war ein grünes Sofa mit dicken rosa Kissen. Nero stellte sich auf die Hinterbeine und testete mit den Vorderpfoten: gut, sehr gut, das war sehr schön weich, fast so weich wie das Heu drüben auf dem Hof und nicht so pieksig. Mit einem Satz war er oben, drehte sich ein paarmal und rollte sich in die Polster.

Dazu muß man bedenken, wie hoch so ein Sofa und wie klein so eine Katze ist. Es ist etwa so, als würde ein Mensch aus dem Stand und ohne Anlauf mal eben so auf das Dach seines Hauses springen oder doch wenigstens auf den Balkon im ersten Stock. Eine Katze ist ein Wunder − nicht nur wegen solcher Sprünge. Eine Katze kann auch im Schlaf alles hören, das leiseste Mäusefiepen. Sie kann im Stockdunkeln sehen und wird nie eine Brille brauchen. Sie geht völlig lautlos und trägt einen dicken, weichen Pelz, mit dem sie auch in der Sonne nicht schwitzt. Ihre Pfoten sind zart und weich, und doch läuft sie damit über spitze Steine, heißes Pflaster und gefrorene Felder, ohne sich weh zu tun, und wenn es sein muß, sausen wie Klappmesser vorn die schärfsten Krallen heraus, die man sich vorstellen kann. Eine Katze kann in den Schlamm fallen und schon nach zehn Minuten wieder so adrett und sauber aussehen, als sei sie in der Städtischen Badeanstalt gewesen. Eine Katze kann senkrecht an einem Baum hochgehen, und dann landet sie mit zwei, drei Sprüngen wieder unten, als wäre nichts gewesen, und wenn sie sich wohlfühlt, kann sie ein unbeschreibliches Geräusch in ihrer Kehle rollen lassen — etwas zwischen einem fernen, leisen Gewittergrummeln, einem kleinen Güterzug, der weit weg in der Nacht über eine Holzbrücke fährt und einem Wasserkessel, der gerade zu summen anfängt, kurz ehe das Wasser kocht. Es ist eines der schönsten Geräusche auf der Welt, und man nennt es Schnurren.

Nero schnurrte.

Er lag in den grünen Polstern, hingelehnt an die rosa Kissen und schnurrte. Und er hörte sehr wohl, daß sich aus dem Nebenzimmer jemand näherte, aber er hatte keine Lust, diesen paradiesischen Platz wieder aufzugeben, aufzuspringen und wegzusausen. Er vertraute auf seine schon andernorts bewiesene Überzeugungskraft. Er war sicher, daß er ein Recht hatte, hier zu liegen, und wenn nicht — dann hatte er ja immer noch seine gefährlichen, blitzschnellen Krallen.

Aus kleinen Augenschlitzen beobachtete Nero eine blonde Frau, die einen Stapel Wäsche in eine Kommodenschublade packte. Sie strich sich eine Haarsträhne aus dem Gesicht und faßte sich mit einer Hand auf den schmerzenden Rücken, als sie sich wieder aufrichtete und − − −

»JETZT!« dachte Nero, »jetzt sieht sie sich um, nur jetzt nicht rühren. Wachsam sein! AUFGE-PASST!«

Die Frau sah ihn an, aber, fand Nero sofort heraus, nicht unfreundlich. Sie war nur halb so dick wie die Bäuerin vom Hof, sie hatte blaue Augen und schaute sehr verwundert und, wie Nero registrierte, auch bewundernd auf den schwarzen kleinen Besuch da in ihren Kissen. Nero setzte sich ruckartig auf, bereit das »Wer-bist-du-denn«-Spiel mitzuspielen. Er machte seine grünen Augen erschrocken rund, starrte in die blauen Augen der Frau und öffnete sein niedliches rosa Schnäuzchen, um ein klägliches, an langweiligen Nachmittagen sorgfältig eingeübtes, zu Herzen gehendes MIAUOUOUOUAUO! ertönen zu lassen. Es verfehlte seine Wirkung nicht.

»Wer bist du denn?« fragte die blonde Frau gerührt und kam vorsichtig näher.

»Du liebe Güte«, dachte Nero, »wer bin ich denn, wer bin ich denn, das sieht man doch, ich bin ein schwarzer Kater.« Und er streckte ihr zutraulich sein Köpfchen entgegen.

Die Frau kniete sich vors Sofa und streichelte ihn.

»Du bist ja ein süßes Kerlchen«, sagte sie, »wo kommst du denn auf einmal her?«

»Wahrscheinlich bin ich durchs Fenster hereingeflogen«, sagte Nero, schmiegte seinen kleinen schwarzen Kopf an ihren Arm, in ihre Hand und maunzte laut.

»Hast du Hunger?« fragte die Frau und stand auf.

»Jajaja!« krähte Nero, denn Hunger, oder sagen wir: Appetit hatte er eigentlich immer, und er wußte sofort: diese blonde Puppe kann ich um die Pfote wickeln.

Die Frau ging in die Küche. Gleich sprang Nero vom Sofa, trippelte hinter ihr her, rieb sich an ihrem Bein und maunzte noch einmal, so rührend er nur konnte. Die Frau öffnete den Kühlschrank, holte eine kleine Dose heraus und schüttete ein wenig Milch auf einen Teller. Sie ließ ein bißchen warmes Leitungswasser dazu, verrührte alles mit dem Zeigefinger und sagte: »So ist es nicht zu kalt für dein Bäuchlein.«

»Bäuchlein, pah!« dachte Nero, »was weißt denn du von meinem Bäuchlein, nun mal endlich runter mit dem blöden Teller!« Und er stellte sich auf die Hinterbeine, machte sich ganz lang und angelte mit den Vorderpfoten so kräftig nach dem Teller, mit dem die blonde Frau sich ihm entgegenbückte, daß ein paar Tropfen Milch verschüttet wurden.

Noch ehe der Teller ganz auf den Küchenfliesen stand, hatte Nero schon seine rosa Zunge eingetaucht und schlappte und trank.

»Du bist aber stürmisch!« lachte die Frau, und Nero dachte: »Was meinst du denn, wen du hier vor dir hast, den heiligen Antonius?« und leckte den Teller blitzeblank.

Die blonde Frau ging zur Wohnzimmertür

und rief: »Robert, komm mal gucken, was für einen niedlichen Besuch wir haben!«

»Robert?« dachte Nero, »aufgepaßt, wer ist denn nun wieder Robert?«, und er mußte rasch an den Bauern denken, der wütend seine Gummischuhe nach ihm warf.

Robert war ein baumlanger Mensch mit einer dicken Brille und einer Zigarre im Mund. Er näherte sich der Küche, und Nero sicherte sich aus den Augenwinkeln rasch einen Fluchtweg.

»Wo kommt der denn her?« brummte der Mann. »Er lag auf dem Sofa«, sagte sie, »und der arme kleine Kerl hatte Hunger, ich hab ihm ein bißchen Milch gegeben.«

»Wenn er Hunger hat, mußt du ihm was Richtiges zu essen geben«, sagte Robert, »ist denn von den Wurstbroten nichts mehr da?«

»Robert, du bist in Ordnung«, dachte Nero vergnügt, und die Frau sagte: »Wurstbrote! Eine Katze frißt doch keine Wurstbrote!«

»Die Brote könnt ihr euch schenken«, dachte Nero, »aber nur immer her mit der Wurst!« Und er stieß einen langen, äußerst kläglichen Jammerlaut aus.

»Siehst du, er hat Hunger«, sagte Robert. »Versuch's mal mit einem Wurstbrot.«

»Wieso er?« fragte sie, und wühlte in einer

Reisetasche, die noch unausgepackt auf dem Küchentisch stand.

»Das ist ein Kater«, sagte Robert, »das seh ich.« Er bückte sich, blies Nero ekelhaften Zigarrenrauch ins Gesicht und sah ihm unter den Schwanz. »Kater«, nickte er, und Nero quäkte empört.

Die Frau hatte inzwischen ein Butterbrot aus einem knisternden Papier gewickelt und fing an, es in den Milchteller zu brocken. Nero schnupperte gute deutsche Fleischwurst. Mit der rechten Vorderpfote, der weißen, räumte er die Brotbröckchen beiseite, leckte höchstens etwas Butter da ab, wo es Butter abzulecken gab, und machte sich über die kleinen, runden rosa Fleischwurstscheibchen her. Schwapp, die erste, happ, die zweite, schwupp, die dritte, schmatz, die vierte − »Meine Güte, kann der futtern!« freute sich die blonde Frau, kniete nieder und streichelte ihn, und Robert brummte düster: »Den wirst du nicht mehr los.«

Über diesen Satz dachte Nero nach, als er längst wieder drüben auf seinem Hof war und während der Silvesterknallerei unten im Dorf tief ins kuschelige Heu kroch, wo ihn seine Rosa

putzte und ableckte wie jeden Abend. Er roch nach Milch und Fleischwurst und vermittelte ihr eine Ahnung von einem schöneren Leben, einem Leben auf weichen Teppichen und in warmen Sofaecken, einem Leben mit ständig gefüllten Tellern bei guten Menschen, die einen bewunderten, etwas Besonderes, etwas außerordentlich schön Geratenes in einem sahen und nicht nur eine geduldete Hofkatze. Ausführlich hatte Nero von seinem Besuch bei den Deutschen erzählt, und sein Mut, einfach so auf ein Sofa bei völlig wildfremden Menschen zu springen, hatte ihm in Windeseile auf dem Hof den Namen Löwenherz eingebracht, *cuore di leone* heißt das auf italienisch, oder als Name: Corleone. Nero Corleone... »*Herr*, bitte!« hatte er nach diesem Abenteuer hinzugefügt, und so hieß er nun: Don Nero Corleone.

»Don!« riefen die Hühner, »Don sagt man nur zum Pfarrer und zu gewissen Autoritäten!«

Er hatte sich sehr groß und sehr gefährlich aufgeplustert.

»Und?« hatte er gezischt, »was bin ich in euren Augen? Ein Hanswurst?«

Es blieb bei Don Nero Corleone. Und er war gerade mal sechs Wochen alt.

Am Neujahrsmorgen blieben die Fenster im Ferienhaus drüben lange geschlossen, doch als gegen elf Uhr endlich die Läden geöffnet wurden, sagte Nero zur dummen Rosa, die mit ihren blauen Augen in das neue Jahr hineinschielte: »Komm mit!« Und sie strichen gemeinsam in der kalten Januarsonne durch die feuchte Wiese hinüber zum Grundstück der Deutschen.

»Du wartest hier!« sagte Nero und setzte Rosa unter einen Pinienbusch. Er selbst sprang auf die Fensterbank und starrte durch die Scheibe ins Wohnzimmer. Das deutsche Ehepaar saß an einem runden Tisch und frühstückte. Der Mann, Robert, blickte in Richtung Fenster und bemerkte sofort das kleine schwarze Gesicht, das streng zu ihnen hineinsah.

»Isolde«, sagte er, »sieh mal, wer da ist. Wie ich es geahnt habe.«

Mit einem kleinen Aufschrei fuhr Isolde herum und stürzte zum Fenster. Sie öffnete es so stürmisch, daß Nero beinahe außen heruntergefallen wäre und Rosa erschrocken, so schnell sie nur konnte, durch die Wiese zurück zum heimatlichen Hof rannte.

»Da ist ja mein kleiner Liebling!« rief Isolde und hob Nero ins Zimmer. »Ob du wohl ein Eichen essen magst?«

»Eichen, Milchlein, Würstchen, nur immer her mit den guten Dingen des Lebens«, dachte Nero und quiekte so niedlich und hungrig wie nur möglich. Vorsichtig behielt er Robert im Auge, denn dessen Einstellung zu Katern konnte er noch nicht so ganz einschätzen, aber Isoldes Herz, das wußte er, hatte er erobert. Sie nahm ihr weichgekochtes Ei aus dem Eierbecher, pellte es sorgfältig ab, zermatschte es mit einer Gabel auf der Untertasse und stellte es vor Nero.

»Na«, fragte sie, »magst du das?«

Nero probierte und fand: ja, das mag ich, schmeckt um Klassen besser als die rohen Hühnereier drüben auf dem Hof, köstlich! Und er schmatzte und schleckte, und Robert sagte: »Und du? Jetzt hast du kein Ei mehr!«

»Gib ihr doch deins, du Geizkragen«, dachte Nero, und plötzlich fiel ihm Rosa ein, die dicke dumme Rosa, die doch so gern aß und die da draußen in der Kälte auf ihn wartete. Er sprang zurück zur Fensterbank und kratzte laut jammernd an der Scheibe.

»Was hast du, Schätzlein?« rief Isolde erschrocken, »du hast ja dein Eichen noch gar nicht aufgegessen?«

Und Robert sagte: »Wenn er raus will, laß ihn raus.«

»Vernünftiger Mann!« dachte Nero und sprang durch das nun geöffnete Fenster in den kalten Garten.

Keine Rosa.

»Wo bist du, dumme Liese?« schrie er, aber sie war nicht da, und wütend preschte er zum Hof hinüber. Da saß sie schon, furchtsam trippelte sie ihm ein paar Schritte entgegen und roch an seinen Barthaaren.

»Warum läufst du weg, wenn ich sage: bleib da sitzen?« fauchte Nero und trieb sie vor sich her über die Wiese. »Los, Dicke, da gibt's weichgekochte Eier, und ich hab dir extra noch was aufgehoben, *avanti*, hopp!«

»Ich trau mich nicht!« maunzte Rosa, als Nero wieder auf die Fensterbank sprang, aber er zischte: »Du kommst jetzt, und zwar sofort, und dann laß mich nur machen.«

»Guck mal«, sagte Robert, »jetzt sind es schon zwei.«

Isolde sah die beiden Gesichtchen nebeneinander am Fenster: das schon vertraute, kecke schwarze und ein schüchternes, kugelrundes weißrotes Köpfchen mit schielenden blauen Augen.

»Wie unbeschreiblich niedlich!« rief sie und rannte zum Fenster, öffnete es diesmal aber ganz vorsichtig, weil Rosa gar so ängstlich schaute. Gerade wollte sie auch eigentlich wieder davonlaufen, da gab ihr Nero einen Schubs und sie landete auf dem weichen Teppich. Er sprang hinterher und stapfte unverzüglich auf den Teller mit dem Rest Ei zu.

»Los«, sagte er zu Rosa, »komm her und friß, Dicke. Die tun dir nichts. Die finden dich niedlich.«

Behutsam, ängstlich, aber von Nero ermutigt und vom köstlichen Duft angelockt, stapfte die kleine runde Rosa auf die geblümte Untertasse zu, und da waren sie nun beide, zwei Pelzköpfe in schwarz und bunt, nebeneinander über ein weichgekochtes Frühstücksei gebeugt, und ein seine Rührung verbergender Robert und eine vor Glück und Entzücken den Tränen nahe Isolde sahen ihnen zu.

»Dreifarbige Katzen sind Glückskatzen!« murmelte Isolde, und Robert sagte: »Schwarze Kater bringen Unglück!«, was Isolde als blöden Aberglauben empört abtat.

Nero leckte den letzten Rest Eigelb vom Teller, und Rosa wollte sofort den Rückzug antreten, aber er sagte: »Nix da, jetzt legen wir uns auf das Sofa, von dem ich dir erzählt habe.«

»Er hat sein Mädchen geholt«, sagte Isolde, »Gott ist das süß.« Und Robert brummte: »Ich finde, sie schielt.«

Nero ging mit erhobenem Schwanz auf das bekannte Sofa zu, und Rosa folgte ihm und quiekte wie ein furchtsames kleines Schweinchen.

»Hopp!« sagte Nero, und sie fragte: »Ja, dürfen wir das denn?«

Er lag schon oben und sah verächtlich auf sie herunter. »Dürfen? Pah!« sagte er, »wer dumm fragt, kriegt dumme Antworten. Sieh dir diese Leute doch an, die sind doch ganz begeistert von uns. Das muß man nutzen. Sie heißen übrigens Robert und Isolde.«

»Robert!« krähte Rosa unglücklich, »Isolde!«

Und Isolde kam, nahm sie auf den Arm, legte sie auf ein Kissen neben Nero, streichelte sie und sagte sanft: »Geh du nur zu deinem kleinen Freund.«

»Siehst du«, sagte Nero, »so stehen hier die Aktien. Man schätzt uns. Hier kriegen wir alles, du darfst dich nur nicht zu blöd anstellen.«

Ja, da lagen sie nun, warm ineinandergekuschelt, laut schnurrend. Isolde räumte den Frühstückstisch ab und versuchte, keinen Lärm dabei zu machen. Robert setzte sich mit einer Zeitung in einen Sessel, den beiden neuen Hausgenossen gegenüber. Er tat so, als würde er angestrengt lesen, aber einen wie Don Nero Corleone konnte er damit nicht täuschen.

»Ja, guck du nur her«, dachte der schläfrig, »ich seh dir doch förmlich an, was du denkst, du denkst: die sind aber wirklich putzig, ob wir die wohl behalten?« Und zu seiner Rosa sagte er, ehe sie selig und fest aneinandergeschmiegt einschliefen:

»Ich glaube, wir haben ein neues Zuhause.«

Robert und Isolde blieben fast drei Wochen in ihrem italienischen Haus, und in dieser Zeit wichen Nero und Rosa nicht mehr von ihrer

Seite. Anfangs wurden sie noch abends ins Freie gesetzt, um zu ihrem Hof hinüberzulaufen. Das taten sie auch und fraßen dort drüben noch mal – »Bauernfraß«, wie Nero verächtlich sagte, bevor sie sich zu den andern Katzen ins Heu kuschelten. Aber immer sorgte Nero dafür, daß sie beide rechtzeitig, bevor Robert und Isolde aufstanden, drüben vor der Küchentür saßen, recht einsam, elend, hungrig und verfroren aussahen und sofort einen Teller warme Milch bekamen.

Eines Abends, als es draußen besonders kalt und ungemütlich war, sagte Isolde: »Ich bring es nicht übers Herz, euch jetzt rauszujagen! Ihr könnt hier auf dem Deckchen schlafen«, und sie breitete eine blaurot karierte Wolldecke über das grüne Sofa. Bei Isolde endeten fast alle Wörter auf chen oder lein: ihr lieben Kerlchen, trinkt schön euer Milchlein, legt euch auf das Katzendeckchen, ich laß auch das Fensterchen ein bißchen offen, dann könnt ihr raus, falls ihr ein Bächlein machen müßt... Und Nero dachte: »Grundguter Himmel, sie ist ja eine Seele von Mensch, aber vielleicht doch ein wenig beschränkt.« Und er bedauerte Robert fast für seine einfältige Frau. »Es ist wie bei mir«, dachte er, »wir sind gescheite, prächtige Männer von

Welt, aber jeder schleppt eben sein Mädchen hinter sich her.«

Die Teller waren immer gut gefüllt. Mal gab es Nierchen mit Reis, dann Nudeln mit Hackfleisch, es gab Rinderherz, Putenbrust und gekochte Hühnerbeine, und Nero wuchs zu einem Prachtkater mit festen Muskeln und glänzendem Fell heran. Rosa nahm Kugelform an, aber es stand ihr, sie hatte etwas von einer Porzellanpuppe – weiß, rosa, hellgrau, zart, weich und ach, diese himmelblauen, schielenden Augen! »Schau mich mal an, mein Engelchen«, lachte Isolde, und Rosa versuchte es wirklich, aber es sah doch wieder nur so aus, als zählte sie die Fliegen an der Zimmerdecke.

Drüben auf dem Hof war man voller Neid, Neugier und Respekt. Nero erzählte, wie er diese Deutschen fest im Griff hatte, und staunend hörten ihm die Tiere zu, bewunderten ihn und erbaten höflich seinen Rat.

»Don Corleone«, sagte die dicke Henne Camilla, »so ein gekochtes Ei, ach, ich wüßte doch zu gern einmal, wie sowas eigentlich schmeckt, könntest du nicht...?« Er konnte. Er brachte Camilla ein ganzes weichgekochtes Ei am Stück, so wie er es Isolde zu ihrem Entzücken (»Nun sieh mal einer das Räuberlein, klaut gleich das ganze Eichen!«) aus dem Eierbecher gestohlen hatte. »Da«, sagte er, und während Camilla pickte und staunte und sich sehr darüber wunderte, was aus ihrem Produkt geworden war, erzählte er ihr ausführlich, wie gekochte Hühnerbeine schmeckten.

Als der Abreisetermin für Robert und Isolde näher rückte, wurde Isolde still und traurig und hatte rotgeweinte Augen.

»Wie stellst du dir das denn vor«, fragte Robert, »zehn Stunden Autofahrt mit zwei Katzen? Und zu Hause, wie soll das werden?«

Und Isolde schniefte und putzte sich die Nase

und kaufte heimlich in einem Haushaltswarengeschäft ein geflochtenes Katzenkörbchen.

Nero ahnte, daß irgend etwas bevorstand, und er war ganz besonders zärtlich, liebevoll und anschmiegsam – vorsichtshalber. Kaum saß Isolde im Sessel, schon rollte er sich auf ihrem Schoß zusammen und schmalzte sie an, aber er wußte auch, daß es vor allem galt, Robert davon zu überzeugen, daß ein Leben ohne Rosa und Nero leer und sinnlos sein würde. Mit steil hochgerecktem Schwanz strich er ihm um die Beine, lugte neckisch unter den Zeitungsblättern hervor, wenn Robert lesen wollte, und zeigte seinen weichen, schutzlosen Bauch, miau!

»Ich durchschaue dich«, sagte Robert, und Nero dachte: »Na, um so besser, wo ist dann das Problem?«

Er hatte beschlossen, zusammen mit Rosa bei Robert und Isolde zu bleiben – wohin auch immer sie mit ihnen fahren würden. Die Verpflegung war gut, die Zuneigung groß, und vielleicht gab es ja in Köln am Rhein auch Heu, in dem man schlafen konnte. Auf jeden Fall würde man nie mehr um jeden Bissen kämpfen müssen wie drüben auf dem Hof, und wer weiß, vielleicht stand ja da, wo Robert und Isolde wohnten, auch so ein butterweiches Sofa?

Eines Tages waren Robert und Isolde zum Bauern hinübergegangen. Man redete über das Wetter und die Politik, über Lothar Matthäus und das schlechte Fernsehprogramm, und dann rückte Isolde damit heraus: diese beiden herzallerliebsten kleinen Katzen, die in den letzten Wochen so oft drüben bei ihnen waren und die ihnen so ans Herz gewachsen wären, dürfte man, könnte man die vielleicht, ach bitte! mitnehmen? Man würde auch ganz bestimmt gut für sie sorgen, man habe einen Garten daheim, man könne zum Beweis bei jedem Italienbesuch Photos mitbringen und ... Der Bauer fragte: »*Due gatti*, zwei Katzen? Vielleicht die rote und der schwarze, *la rosa e il nero?*« Und Isolde rief: »Jaja, Rosa und Nero, wie schön, so sollen sie heißen!« Der Bauer war erleichtert: »*Troppi gatti!*« rief er und wedelte sie mit den Händen weg, »viel zu viele Katzen, nehmen Sie sie nur mit, *prendi, prendi!*« Und Isolde weinte und fiel Robert um den Hals, und alle zusammen tranken in der Küche des Bauern noch einen Kräuterschnaps der Marke *Riserva del Nonno*, Opas Reserve, und die Bäuerin versuchte, auch den Schönen Felix oder doch wenigstens Biff und Baff noch loszuwerden, aber für Robert und Isolde stand fest: Rosa und Nero.

Natürlich hatte Nero während der ganzen Zeit in der Nähe gelauscht und alles beobachtet. Er wußte, worum es ging, und stolzierte nun auf den Hof und verkündete den Hühnern, den Katzen und dem Hund: »Ich gehe nach Deutschland, in das Land von Lothar Matthäus. Mir wird es hier zu eng, ich brauche neue Aufgaben.«

Alle staunten und schwiegen, und nur die Madonnina sagte gleichgültig: »Ich kenne keinen Lothar Matthäus, und spiel du dich hier gefälligst nicht so auf.«

Der Abreisetag war leicht zu erkennen: schon am frühen Morgen wurden die Fensterläden drüben verriegelt, und Robert schleppte Taschen und Koffer zum Auto. Nero und Rosa saßen still und versteckt unter einem Strauch und beobachteten Isolde, die klagend durch den Garten lief und rief: »Nerolein! Rosichen! Wo seid ihr denn bloß? Ausgerechnet heute! Neeerooo! Rooosiii! Wo ist mein schwarzes Äffchen?«

Nero dachte: »Dir geb ich gleich schwarzes Äffchen!« und hielt Rosa, die so gern sofort hinübergelaufen wäre, mit eiserner Pfote fest.

»Still«, sagte er. »Abwarten. Sie soll ein bißchen leiden, dann ist die Freude um so größer,

wenn wir endlich kommen, und sie nimmt uns wirklich mit.« Rosa seufzte ein wenig. »Ganz weg hier«, sagte sie, »ist das denn auch wirklich richtig? Hier ist es doch schön.«

»Hier ist es schön, weil sie da sind«, sagte Nero, »drüben auf dem Hof ist doch ein ewiges Gedrängel, nein, nein, die Welt bietet mehr als das, laß uns nur reisen. So, hopp. Jetzt. *Avanti!*« Und laut miauend sprangen Rosa und Nero gleichzeitig aus dem Gebüsch auf die überglückliche Isolde zu.

»Da seid ihr ja!« rief sie, »kommt her, ihr dürft doch mitfahren, ihr bleibt jetzt für immer bei uns!« Und sie bückte sich und nahm beide Katzen gleichzeitig auf den Arm und drückte sie selig rechts und links an ihr Gesicht.

»Immer«, dachte Nero, »immer ist ein großes Wort. Wir werden sehen. Aber fürs erste gehen wir mal mit. Nur keine Sentimentalitäten.« Er machte sich frei und sprang zurück ins Gras. Mit einem kleinen Aufschrei ließ Isolde Rosa fast fallen und rief: »Nicht weglaufen, Nero! Ihr müßt jetzt ins Körbchen!« Sie rannte ins Haus und kam bald darauf mit dem Katzenkorb zurück, hinter dessen Gittertür Rosa bereits saß und kläglich maunzte.

»Komm«, lockte Isolde, »dein Mädchen ist

schon drin, schau!« Nero kam zögernd näher, machte einen langen Hals und fragte: »Und? Wie ist das da drin?« »Ich hab Angst!« jammerte Rosa, »ich will raus, ich will nicht weg, ich will hierbleiben, ich . . .«

»Halt die Klappe«, sagte Nero streng, »ich will, ich will nicht, du weißt ja gar nicht, was man wollen kann. Jetzt nimmt das Leben eine andere Richtung, Dicke, und es kann nur besser werden.«

Entschlossen stiefelte er auf Isolde zu, ließ sich packen und zu Rosa in den Korb stecken. Aber ganz wohl war ihm auch nicht zumute, als er da drin saß und die Welt durch eine geflochtene Tür sah, als er schaukelnd hochgehoben und zum Auto getragen wurde, als das Auto mit fürchterlichen Geräuschen anfuhr – nein, wohl war ihm wahrhaftig nicht, aber zeigt ein Nero Corleone vielleicht Angst? Ach was. Er schmiegt sich seufzend an den Pelz seines Mädchens und übersteht so eine lange, lange Reise. Eine Reise bis Köln am Rhein.

Die Autofahrt nach Deutschland war fürchterlich. Sie dauerte zehn Stunden und führte durch den finsteren Gotthardtunnel, an Flüssen vorbei

und um Berge herum, über himmelhohe Brük-
ken und durch Täler, und Nero und Rosa saßen
in ihrem Korb, verstanden das Geschaukel und
Gesause nicht, bereuten es bitter, je hier einge-
stiegen zu sein und fühlten sich elend und verlo-
ren. Rosa jammerte kläglich und leise vor sich
hin, ängstlich, unglücklich, verwirrt. Nero schrie
wie am Spieß. Er fing an zu schreien, als die
Autotür zuklappte, und er hörte auf, als das Auto
endlich in Köln am Rhein zum Stehen kam und
Isolde und Robert einem Nervenzusammen-
bruch nahe waren. Er schrie gellend, böse, for-
dernd, er krähte und kreischte, daß er so nicht
mit sich umspringen lasse, daß er hinaus wolle,

ein Häufchen machen müsse, und er machte schließlich ein Häufchen in den Katzenkorb.

»Es stinkt«, sagte Robert, und Isolde weinte fast: »Sie sind ängstlich, ach, meine armen kleinen Hasen, haltet nur tapfer durch, es wird ja alles gut, meine Mäuschen, mein Rosinchen, mein Neroprinz.«

»Neroprinz!« schrie Nero, »dummes Zeug, nichts als Worte, ich will raus, ich kann das nicht ertragen, ich verlange sofort eine andere Behandlung, oder die Folgen werden fürchterlich sein.« Und er herrschte Rosa an: »Fiep nicht so herum, beklag dich richtig, wenn dir was nicht paßt, die sollen ja nicht denken, sie könnten mit uns machen, was sie wollen«, und Rosa seufzte: »Mir ist so schlecht!«

Kurzum, es war eine schauerliche Reise, für alle vier. Ab und zu drehte Robert die Stereoanlage auf, um das Katzengejammer auf dem Rücksitz zu übertönen, und dann und wann griff Isolde mit ihrer weichen, kühlen Hand in den Korb, um die kleinen Köpfe tröstend zu kraulen. Mit einem Papiertaschentuch fischte sie Neros Häufchen heraus und warf es während der Fahrt aus dem Fenster. Nero tat natürlich so, als wäre es Rosas Häufchen, aber Rosa ließ während der ganzen langen Fahrt nur ein kleines unglückseliges Bächlein in die Katzendecke sickern. Es war und blieb gräßlich, und als man in Köln ankam, waren alle am Ende ihrer Kräfte.

Aber nicht lange.

Während Robert das Gepäck und die Bücherkoffer vom Auto ins Haus schleppte, trug Isolde den Katzenkorb in die Küche, schloß alle Türen und ließ die Gefangenen frei.

»Ihr seid zu Hause, meine Engelchen«, sagte sie, und Nero und Rosa krochen vorsichtig heraus. Da kam auch schon von oben ein Teller mit süßer Dosenmilch, da wurde ihnen ein Kasten mit Papierschnitzeln zum Pipimachen angewiesen − »Robert, hol mal Gartenerde, damit die Kleinen machen können!« −, und da sah man, daß es sich hier würde leben lassen. Nero und Rosa inspizierten das Haus. Es hatte eine untere und eine obere Etage, auf den Treppen und in den Zimmern lagen schöne weiche Teppiche, es gab viele geheimnisvolle Schlupfwinkel, und sie verkrochen sich gemeinsam in die hinterste Ecke unter dem großen Bett und genossen es sehr, daß Isolde laut klagend durchs Haus lief und sie suchte: »Wo sind denn meine kleinen Schätzchen?«

Aber die kleinen Schätzchen dachten über das neue Leben nach, verarbeiteten die Schrecken der Reise und sanken, aneinandergeschmiegt, in einen trostreichen Erholungsschlaf, aus dem sie erst wieder erwachten, als es dicht vor ihren Nasen unbeschreiblich gut duftete. Isolde lag auf dem Bauch vor dem Bett und schob einen Teller mit Hackfleisch und Haferflocken vor sich her. »Kommt, meine Hasen, ihr müßt doch was essen«, lockte sie, und die Hasen ließen sich dazu herab, ihre kleinen hellen Zungen in den Teller zu tauchen und ihn ratzeputz leer zu fressen.

»Sie essen!« rief Isolde glücklich, und Robert brummte: »Natürlich fressen sie, oder glaubst du, sie fallen aus Sehnsucht nach Italien in einen Hungerstreik?«

»Vernünftiger Mann!« dachte Nero wieder mal anerkennend, putzte sein Fell, nahm Haltung an und beschloß, unter diesem Bett hervorzukommen und die restliche Gegend zu ergründen.

Das war eine Enttäuschung!

Zwar sah man durch große Fenster in einen Garten, sah Bäume, Wiesen und Büsche, sah Vögel fliegen und Mäuse huschen, aber Fenster und Türen blieben fest verschlossen, kein Weg hinaus. »Nein«, sagte Isolde, »mein Putzelchen muß jetzt erst mal schön einige Zeit drinbleiben, damit es nicht wegläuft und sich nicht verirrt. Später darf es dann raus.«

»Putzelchen?« dachte Nero zornig, »verirren? Was ist denn das nun wieder für ein pelzsträubender Unsinn, warum kann ich jetzt nicht sofort da draußen in diesen Garten, ich bin doch nicht doof, ich werd ja wohl die Haustür finden!« Und er kratzte an der Terrassentür, er forderte und kreischte, aber die gute Isolde blieb diesmal hart und unerbittlich.

»Nein«, sagte sie, »es geht nicht. Erst mußt du dich hier einleben, mein Hasilein, dann darfst du raus.«

Hasilein. Putzelchen. Engelchen. Schätzchen. Nero sah Isolde verächtlich an und verfluchte die Stunde, in der ihm die Eingebung gekommen war, mit dieser Wahnsinnigen irgendwohin zu gehen, in dieses dumme Deutschland, in dem die Gärten hinter Glas lagen. Was für eine unerhörte Demütigung, ihn hier einzusperren! Was dachte sie denn eigentlich, wer er war? Hasilein? Putzelchen? Zum Donner noch mal, er war Nero Corleone, das gefürchtete Löwenherz aus Carlazzo, und er wollte unverzüglich da hinaus in sein neues Revier und für Ordnung sorgen!

Nichts zu machen.

Fenster und Türen blieben zu, und Nero fiel in ein dumpfes Brüten. Rosa hatte nach der guten Mahlzeit eine große Wurst in den Kasten mit der

Gartenerde gelegt und war dann in das schnee-
weiße Federbett geklettert, hatte sich zur Kugel
gerollt und war laut schnurrend eingeschlafen.
Isolde stand vor ihr und überlegte, ob sie wohl
auch schielte, wenn sie die Augen geschlossen
hatte. Sie streichelte über das rosaweiße Köpfchen und flüsterte: »Schlaf gut, kleine Rosa, du
wirst sehr lieb gehabt!« Und Nero? Nero trabte
durchs Haus, auf und ab, unruhig, wütend, wie
Dschingis Khan auf der Suche nach seinen wil-
den Horden, wie Attila, der Hunnenkönig, der
die Welt erobern will, wie ... na, eben wie ein
kleiner schwarzer Kater, der seiner neuen Welt
da draußen mitteilen will: VORSICHT! ICH BIN
DA! MIT MIR IST NICHT ZU SPASSEN!

Seine Stunde kam schon in der ersten Nacht.
    Als Isolde und Robert endlich ins Bett gingen
und krumm und schief und unbequem um Rosa
herum lagen, da bemerkte Nero, daß ein Fenster
im Schlafzimmer offen war. Nur einen Spalt,
aber »wartet nur«, dachte er, »euch zeigt Hasi-
lein-Putzelchen, was eine Harke ist, schlaft nur
endlich ein.« Und als Robert schnarchte und
Isolde schlief und seufzte und von hunderttau-
send kleinen Katzen träumte, für die sie Gries-

brei kochen mußte? durfte?, da sprang Nero zunächst auf die Fensterbank, preßte sich dann durch den schmalen offenen Schlitz und saß draußen auf dem Fenstersims, im ersten Stock.

Aaaaaaah!

Frische Luft. Nachtluft, mit all den Geräuschen und Gerüchen, die ein Kater braucht, die er liebt, die er genau kennen will, wo immer er ist. In Italien kannte er das Scharren der Hühner und ihr leises Gurren im Schlaf, er roch die Holzfeuer in den Kaminen der Bauernhöfe und das nasse Fell des Hundes, er konnte das hohe Quieken der Wühlmäuse hören, das Herumschleichen der anderen Katzen und, bildete er sich jedenfalls ein, das mühsame Mahlen der Gedanken im Kopf des Esels, der so gern die Probleme dieser Welt durch bloßes Nachdenken lösen wollte. Hier kannte er − noch − nichts. Er saß ganz still, die großen grünen Augen kugelrund, den Schwanz um die Vorderpfoten gelegt, seine Schnurrbarthaare zitterten und sein Herz klopfte. Er rührte sich nicht. Er lauschte. Er schnüffelte. Er konzentrierte sich und nahm mit allen Sinnen seine neue Umgebung tief in sich auf.

Da gab es eine Straße in der Nähe, Autos waren zu hören. Lichter huschten durch die Büsche. Es

mußte irgendwo einen Igel geben, denn er hörte ein leises Schnarchen, und das Igelschnarchen war ihm vertraut. Im Holzstoß des Bauern hatte auch ein Igel seinen Winterschlaf gehalten. Er hörte Mäuse fiepen, aber sie mußten kleiner sein als die Mäuse, die er kannte. Ein ganz feiner Geruch von Schinken, Fleisch und Wurst lag in der Luft, und ein leises Klavierspiel war zu hören, nur wenige seltsame Töne. Das war der Duft von Feinkost Bollmann, das waren die Töne von Komponist Kagel, mit dessen Kater sich Nero später so gut anfreunden würde, aber das alles wußte er ja jetzt noch nicht. Er nahm Geräusche und Gerüche in sich auf und schätzte die Höhe und die Kletterangebote der umstehenden Bäume ab. Konnte er springen? Mußte er sich Umwege ausdenken? Das alles wollte bedacht sein, aber er hatte ja Zeit, die Nacht war noch lang, ein halber Mond leuchtete freundlich, und irgendwo schlug eine Uhr halb eins. Nero saß mucksmäuschenstill bis zwei Uhr. Man hätte denken können, er sei eine Statue, leblos, reglos, aus Stein, aber wir kennen ihn ja. Wir wissen, daß er warm und weich ist und daß er Kraft und Mut sammelt für das neue große Abenteuer der Fremde –

Jetzt.

Um Punkt zwei Uhr sprang er mit einem riesigen, aber genau berechneten Satz vom Fenstersims aus in einen nahe stehenden Pflaumenbaum, und nach diesem ersten fabelhaften Sprung blieb er zunächst wieder ganz still sitzen, mit klopfendem Herzen. Genau dreieinhalb Minuten, dann kletterte er so rasch hinunter, daß es aussah, als würde ein Schatten über den Baum huschen, hui, rechts, links, sicher, schnell, geschickt, lautlos setzte er die Pfoten, und schon landete er auf dem kalten stoppeligen Winterrasen und rannte in großen Sätzen unter eine Hecke. Herzklopfen. Stolz. Aufregung. Freude! Gras unter den Pfoten!

»Hey, Isolde«, sagte er zum Fenster hoch, »guck mal, Hasilein macht Bächlein!« Und er ließ einen riesigen aufgestauten See unter die Hecke fließen. »Soviel Zeit muß sein«, dachte er, als er fertig war, und scharrte sein Werk sorgfältig zu. Dann atmete er tief durch und sah sich um. Für dich und mich wäre bis auf das ferne Autorauschen alles totenstill gewesen. Nicht so für einen Kater wie Nero Corleone, der ja im Dunkeln sehen und im Stillen hören kann. Er sah die Regenwürmer und die Käfer, er sah Vögel auf den Ästen schlafen, und er hörte tausenderlei interessantes Rascheln und Knistern.

Er war glücklich. Ah, man war angekommen. Man würde sehen. Man würde gefüllte Teller und keine Sorgen mehr haben, und mit dieser Gegend würde man fertig werden.

Schritt für Schritt, tief und flach, leise und aufmerksam schlich Nero durch seinen Garten und sah sich alles ganz genau an, fing sich eine kleine dumme Maus und fraß sie bis auf die Pfoten und die Galle, die er wieder ausspuckte, leckte ein bißchen an den Eierschalen auf dem Komposthaufen der Nachbarin, erkundete noch zwei andere Gärten und saß eine Weile unter Kagels Fenster, um mitten in der Nacht den leisen Klaviertönen zuzuhören. Von ferne sah er

einen dicken getigerten Kater, hatte aber keine Lust, ihn heute schon kennenzulernen, und gegen sieben Uhr morgens rollte er sich auf der Fußmatte vor der Terrassentür von Robert und Isolde zusammen und schlief ein, gerade als die Vögel am dunklen Winterhimmel zu schreien und zu flattern begannen.

Als Isolde und Robert wach wurden, lag Rosa immer noch schlafend auf ihrer Bettdecke — aber nicht mehr zur Kugel gerollt, sondern lang ausgestreckt, die Vorderpfoten abgeknickt, und zwischen den Zähnen sah ihre kleine rosa Zungenspitze hervor. Und: sie schnarchte, ganz, ganz leise.

»Nein, wie niedlich!« flüsterte Isolde, »sie schnarcht!«

»Wieso findest du das bei ihr niedlich und bei mir regt es dich auf?« fragte Robert und reckte sich, weil ihm um Rosa herum die Beine eingeschlafen waren. Rosa wachte auch auf, streckte sich kräftig, gähnte ausgiebig und setzte sich hin. Sie überlegte, wo sie war.

»Guten Morgen, mein Schneckchen«, sagte Isolde und streichelte sie, »das war deine erste Nacht in Deutschland!« Und Rosa schnurrte und dachte: »Wo ist Nero?« »Wo ist Nero?« rief auch Isolde und sprang aus dem Bett.

»Nero!« lockte sie und lief durchs ganze Haus. »Wo ist denn mein Mausezähnchen? Prinzlein, melde dich, komm, sag doch was!«

Ihre Stimme wurde immer höher und aufgeregter. »Mein Häschen, wo hast du dich versteckt?« rief sie, und Robert rollte sich im Bett zusammen und sagte: »Rosa, komm wir beide schlafen noch eine Runde.«

Aber Rosa war unruhig. Wo war Nero? Auf leisen Pfoten lief sie die Treppe hinunter und sah ihn natürlich sofort: zusammengerollt wie ein Igel lag er auf der Matte vor der Terrassentür, und die Sonne schien auf seinen schwarzen Pelz. Rosa setzte sich an die Tür und maunzte.

»Nein, mein Hasenherzchen«, sagte Isolde und kam im Morgenrock näher, »da darfst du noch nicht raus. Schau, hier ist dein Kästchen, da kannst du Pipi machen, und . . . o Gott!«

Sie hatte Nero gesehen und erstarrte. »Wie kommst du denn in den Garten?« rief sie und öffnete die Terrassentür. Nero wurde natürlich sofort wach, machte einen gewaltigen Buckel, gähnte, rieb sich an Isoldes nacktem Bein und stolzierte mit steil hochgerecktem Schwanz ins Wohnzimmer.

»Her mit dem Frühstück«, forderte er, und Isolde kniete sich auf den Boden, drückte und streichelte ihn und konnte es nicht fassen: »Mein kleines Äffchen war ganz allein in der Kälte! Jetzt aber schnell warme Milch!« Und sie lief aufgeregt in die Küche. Nero dachte: »Grundguter Himmel, worüber sie sich nur immer aufregt! Nun mal rasch die Milch warm gemacht, bitte.«

Und das tat Isolde dann auch. Sie bereitete aus Hackfleisch, Weißbrot und Milch ein leckeres Essen, und da saßen sie nun wieder, der schwarze Kater und sein rundes Mädchen, dessen größte Freude ja das Essen war, und Isolde sah ihnen gerührt zu und seufzte: »Ach, ihr kleinen Engelchen.«

Engelchen?

Um die Wahrheit zu sagen: diese beiden waren keine Engelchen. Nicht einmal Rosa. Gut, zugegeben, Rosa war ein bißchen dumm, und da kann man leicht brav sein, wenn einem sowieso nichts einfällt, was man anstellen könnte, und wenn man am liebsten a) frißt und b) schläft. Aber Rosa entwickelte sich in den nächsten Monaten zu einer gefürchteten Jägerin. Stundenlang konnte sie geduldig auf der Lauer liegen, scheinbar schlafend, nur ein bißchen blinzelnd, nur die Ohren wackelten ein wenig, und dann – zack! mit einem einzigen Sprung, mit einem einzigen Hieb hatte sie die Maus, auf die sie so lange gewartet hatte. Leider fing sie manchmal auch einen kleinen Vogel, der nicht schlau und nicht schnell genug war, und alles, was sie fing, fraß sie ganz und gar auf. Und Nero... der erkämpfte sich vom ersten Tag an durch Gardinenzerreißen und Geschrei den Weg ins Freie. Er ging und kam, wie es ihm paßte, und es dauerte nicht lange, da war er der Chef der ganzen Gegend.

Wie soll ich das erklären... er wußte einfach, wie man sich Respekt verschaffen mußte. Er wußte, wann es mit Säuseln besser ging und wann mit gezielten Ohrfeigen, und er hatte eben so eine Art, daß niemand ihm widerstehen oder widersprechen konnte. Die alte, schwarzweiß gefleckte Klara von Oma Riegert hatte so einen eleganten Kater noch nie gesehen und wäre gern etwas jünger gewesen; der weiße Timmi von Frau Brettschneider rannte weg, sobald er Nero nur sah; der kleine Amadeus von Hahns ließ immer ein paar Brocken Futter für Nero auf seinem Teller, damit er keinen Ärger mit ihm bekam, die silbergraue Karthäuserin von Fräulein von Kleist, die niemals ins Freie durfte und fast alle Katzenschönheitspreise gewonnen hatte, sah von ihrer Fensterbank aus sehnsüchtig nach Nero; mit Kagels Kater Karl verband Nero schon bald eine schöne Männerfreundschaft: gemeinsam spazierte man nachts durch die Gärten oder über die Dächer und besprach, was wichtig war. Wenn Kagels verreisten – und das war oft der Fall – saßen Karl und Nero ganze Nächte lang in den tiefen Ledersesseln, rauchten auch schon mal eine Montecristo Nr. 1 aus Kagels Zigarrenkiste oder liefen zusammen über die Klaviertasten und machten prächtige moderne Musik.

Schräg gegenüber wohnte ein ziemlich starker Kater, der Tiger hieß und der Lehrerin gehörte. Mit ihm hatte Nero noch die meisten Schwierigkeiten gehabt. Bei der ersten Begegnung hatte ihm Tiger mit angelegten Ohren und gesträubtem Fell ein »Verpiß dich!« entgegengefaucht. Nero sah ihn damals nur an und sagte: »Tiger, ich sehe, du hast Mumm in den Knochen und bist nicht so eine verzärtelte Kreatur wie das, was sonst hier rumläuft. Wir beide könnten uns jetzt bis aufs Blut prügeln, was für dich gar nicht gut ausgehen würde, oder wir sagen: du nicht in mein Revier, ich nicht in deins, *paletti?*«

Tiger fauchte noch mehr und sagte: »Ach, ich werd nicht mehr. Gerade angekommen, und da willst du hier auch schon ein Revier haben?«

Schlechtgelaunt und voller Lust darauf, diesem italienischen Fatzke ein paar Ohrfeigen zu servieren, robbte er noch näher. Nero sah ihn kummervoll an und sagte: »Tiger, Tiger, nun hast du dich aber kräftig übernommen.« Und ganz ruhig, als wär gar nichts, putzte er mit seiner weißen Pfote sein schwarzes Fell und beobachtete, wie Tiger näher schlich.

»Hau ab«, sagte Tiger drohend.

»Putzelchen, einen anderen Ton bitte«, antwortete Nero, »schau, in Italien nannte man mich Corleone, was in deiner Sprache Löwenherz heißt. Ich war dort – nun, sagen wir, eine bekannte Größe.«

»Und wenn du der Kaiser von China wärst«, sagte Tiger, der bei seiner Lehrerin allerhand an Bildung mitbekam, »mir imponierst du nicht mit deinem schwarzen Affenpelz.«

Nero legte sich auf den Boden, ganz flach, reglos, und nur sein Schwanz zuckte hin und her.

»Affenpelz?« fragte er milde, »hast du Affenpelz gesagt, du seltsame gestreifte Wurst?« Und dann sprang er schnell wie ein Gedanke auf Tigers Nacken und biß einmal kurz zu. Tiger schrie auf, und Nero lockerte den Biß ein wenig und knurrte: »War das Wort, das du eben sagtest, wirklich Affenpelz, oder sollte ich mich verhört haben?«

»Verhört!« krähte Tiger, und die Lehrerin kam auf den Balkon und rief: »Tiger? Ist was?«

»Muttilein ruft«, sagte Nero und ließ Tiger los, der davonsauste und seine Leiter zum ersten Stock hochrannte, wo ihn die Lehrerin in Empfang nahm und sich erschrocken sorgte: »Du blutest ja!«

Tiger mußte mit vier Stichen genäht werden und zehn Tage lang eine entwürdigende Halskrause tragen, die ihn in der ganzen Gegend zu einer lächerlichen Figur machte. Wann immer er in Zukunft Nero sah, lief er schnell zu seiner Lehrerin, und Nero spuckte verächtlich aus und brummte: »Muttersöhnchen.«

In einer milden Sommernacht gelang es Nero, die bildschöne Karthäuserin des Fräulein von Kleist ins Freie zu locken. »Hallo, kleine Kleist«, sagte er mit seiner süßesten Stimme zu ihr, und sie schmolz dahin und gebar dem Fräulein von Kleist fünf Junge: drei schwarze und zwei graue. Das Fräulein von Kleist war völlig außer sich, denn der Stammbaum der Karthäuserin reichte wie ihr eigener bis ins 12. Jahrhundert zurück, und da darf so etwas einfach nicht vorkommen! Ja, darf vielleicht nicht, kommt aber doch, und was will man schon gegen die Liebe machen! Die kleine Kleist gefiel Nero ausnehmend gut, und so blieb es nicht bei diesen fünf gemeinsamen Kindern. Bald waren in ganz Marienburg, in Bayenthal, Zollstock, ja, bis hinauf nach Klettenberg Kinder der Karthäuserin in mehr oder weniger guten Familien untergekommen, und manch schwarzes war dabei, das seinem Vater Nero Corleone in Sachen Frechheit durchaus Ehre machte. Manchmal, wenn der Mond

schien, lockte Nero die kleine Kleist aus dem
Haus und stieg mit ihr auf die Dächer. Dann
sahen sie sich den Mond an, sangen ein bißchen
und er gurrte: »Kleine Kleist, ich sage dir, das
Leben ist schön!« Und sie antwortete: »Jaja, und
nächste Woche gehst du wieder mit einer anderen.« Vorwurfsvoll sah Nero sie an, zeigte ihr
seine beiden Vorderpfoten – die weiße und die
schwarze – und sagte mit honigsüßer Stimme:
»Kleine Kleist, ich bitte dich, schau: können
diese Pfoten fremdgehen?« Und dann mußte sie
lachen, und sie sangen noch ein bißchen.

Ab und zu brachten die andern Katzen ein
schönes Mäuschen für Nero (oder wenigstens die
leckerere Hälfte davon), hoben ihm ein paar
Brekkies auf, und Karlheinz zum Beispiel, Karlheinz bat ihn geradezu um Schutz. Karlheinz
war ein alter räudiger Kater, der allein im Freien
lebte. Ohne Zuhause streifte er durch die Gärten, fand hier und da etwas zu fressen, stöberte in
Abfalleimern, hatte zwei, drei Adressen, wo er
schon mal im Keller schlafen durfte und einen
Teller Dosenfutter bekam. Karlheinz war alt,
hustete und hatte nur noch ein Auge. Er sagte
zu Nero: »Hör zu, du könntest mir diesen ekelhaften Tiger vom Leib halten und den idioti-
schen Hund von Frau General Grabowski, dafür

kann ich dir ab und zu sagen, wo eine Milchsuppe zum Abkühlen draußen steht oder so ...«

Das klappte gut. Nero versetzte dem Hund von Frau General Grabowski einen Schmiß und sagte: »Jetzt siehst du aus, wie ein Generalshund aussehen muß!« Dafür schlich Karlheinz ein paar Tage später zu Nero in den Garten und verriet: »Nummer zwanzig, die schöne Zahnarztfrau. Direkt vor der Küchentür, ein gekochtes Hühnchen, das abkühlen soll für Hühnersalat.«

»Danke, Kollege«, sagte Nero und zog sofort los. Er ließ auch für Karlheinz noch etwas übrig – es war ein dickes Hühnchen! –, und er versäumte nie, seiner Rosa ein schönes Beutestück mit nach Hause zu bringen, vor allem, wenn er von Feinkost Bollmann zurückkam.

Bei Feinkost Bollmann kauften nur reiche Leute ein: aufgedonnerte Frauen in Pelzmänteln, Pelzmäntel! Wenn Nero etwas verabscheute, dann waren das Pelzmäntel, er fühlte sich geradezu persönlich tief gekränkt durch diesen Anblick von soviel totem Fell. Die Herren, die bei Feinkost Bollmann Hummer und Champagner kauften, waren parfümierte Gecken, die Jacketts mit Seitenschlitzen trugen. Seitenschlitze! Nein, das war nicht nach Neros Geschmack, aber im Laden gab es köstliche

Pasteten, zarten Lachs, Trüffelleberwurst und feinste Filets. Man mußte nur in die Kühlkammer kommen, und dazu mußte man an einem Hund vorbei, der aber vor lauter Feinkost in seinem Leben schon etwas vertrottelt war. Nero hatte sehr streng mit ihm gesprochen, hatte ihm geduldig erklärt, was er mit seiner weißen Pfote in Sachen Sehkraft zu machen imstande sei, hatte sich Gebell verbeten und war dann in die Kühlkammer gegangen, gleich hinter dem dicken Bollmann-Sohn Bodo her, der nicht merkte, daß eine Trüffelleberwurst vom Haken verschwand. Der Hund hatte keine Lust, sich mit Nero groß anzulegen. Er sah in Zukunft einfach blasiert zur Seite, wenn Nero kam, und Nero sagte von oben herab: »Mein Guter, es ist wieder mal soweit, ich will doch einmal sehen, was der Lachs macht. Nur keine Aufregung. *Buon giorno.*«

Von den zarten Lachsscheiben brachte er dann seinem Freund Karl, der kleinen Kleist und natürlich seiner Rosa etwas mit, aber die größte Portion fraß er schon selbst. Er wog inzwischen fast zehn Kilo, hatte ein dichtes, glänzendes schwarzes Fell und war der stärkste und größte Kater weit und breit.

Manchmal fanden nachts im Südpark Katzenversammlungen statt. Da wurde nicht viel

geredet, man saß im Kreis, schaute in den Himmel, schwieg den Mond an, und immer war es doch klar, daß Nero der Mittelpunkt war. Wenn er aufstand, gähnte und sich streckte, wurde die Versammlung aufgelöst, wenn er sitzen blieb, saßen die andern auch still da. Höchstens Karl konnte es riskieren zu sagen: »Nero, komm, wir machen noch ein bißchen Musik.« Und dann zogen sie in Kagels Haus und legten sich quer über die Klaviertasten, daß Frau Kagel oben aus dem Bett fiel vor Schreck.

Dann und wann gab es Kämpfe. Da wollte sich doch Timmi tatsächlich an die kleine Kleist ranmachen, da jagte der Generalshund ohne Leine hinter der alten Klara her, da kam ein Hund zu Besuch, der sich an gewisse Regeln nicht halten wollte, oder da mußte eine besonders freche, große Elster zur Vernunft gebracht werden — immer hatte Nero seine weiße Pfote mit im Spiel, und manches Mal kam er erst gegen Morgen zerrupft, naß, dreckig nach Hause, und Isolde seufzte: »Wo du dich nur immer herumtreibst, mein Täubchen.«

»In der Welt, mein Engel«, gähnte Nero, »in der Welt der Männer und der Kämpfe, von denen du keine Ahnung hast.«

Manchmal brachte er ihr eine besonders große

Maus mit dichtem Fell mit, warf sie ihr vor die Füße und gurrte: »Da, Schönste, näh dir ein Krägelchen!«, bevor er sich in Isoldes Bett zusammenrollte und sie noch rufen hörte: »Oh! Das hab ich doch eben erst frisch bezogen ... na, egal, schlaf du nur gut, mein kleines Prinzchen.«

Und so gingen die Jahre ins Land. Roberts Haare wurden dünner und seine Brillen dicker, Isolde lernte es endlich doch noch, Pfannkuchen zu backen, die nicht in der Pfanne kleben blieben, und Nero und Rosa waren so glücklich, wie Katzen nur sein können. Ab und zu mußten sie zwar Kleinigkeiten erleiden – eine Fahrt zum Tierarzt, eine Impfung, zwei Wurmkuren im Jahr mit einer ekelhaft schmeckenden Paste, und im Sommer gab es scheußlich riechende Zeckenhalsbänder, die Nero allerdings meist sofort von Karlheinz durchbeißen ließ. Aber alles in allem war die Welt wohlgeordnet. Ein-, zwei-, dreimal im Jahr fuhren Isolde und Robert nach Italien, und dann kam Frau Wiegand, um Haus, Garten und Katzen zu hüten. Auch Frau Wiegand hatte man, wie Nero gern sagte, fest in der Pfote. Man konnte sie sozusagen um die Pfote wickeln, Frau Wiegand tat alles für ihre beiden kleinen Lieblinge. Sie schnitt die Rinderleber nicht nur in häppchengerechte Stücke, nein! Sie briet sie auch in guter Butter an. Bei Frau Wiegand gab es nicht nur morgens um neun und abends um sechs einen Teller mit Futter, nein! Auch mittags wurden kleine Häppchen gereicht, denn, so sagte Frau Wiegand gern: »Hunger tut so weh!« Sie kaufte frische Fische auf dem Markt, und abends durfte Rosa nicht nur auf ihrem Bett, nein! sogar unter ihrer Decke schlafen, was bei Isolde dann doch nicht erlaubt war. Das heißt, Isolde hätte es vielleicht noch geduldet, aber der klassische Satz von Robert bei solchen Ansinnen lautete: »Sonst noch was.«

Rosa wurde immer runder, Nero bekam erste graue Haare neben der Nase und lag jetzt schon mal stundenlang unter dem Pflaumenbaum und träumte. Niemand wagte es, ihn dabei zu stören — eins von seinen Mädchen oder seinen vielen Kindern saß immer in der Nähe und bewachte seinen Schlaf. Karlheinz war eines Winters gestorben. Fräulein von Kleist war zu Neros großem Kummer mit der Karthäuserin weggezogen, ins vornehmere Düsseldorf. »Adieu, kleine Kleist«, hatte Nero traurig gesungen, »*ciao, bella,* ich werde dich nie vergessen.« Noch öfter lag er seitdem mit Kagels Kater Karl in den dicken Ledersesseln, schaute sich im Fernsehen alte Filme an und hörte Isolde, die rufend durch die Siedlung irrte. »Verstehst du die Frauen?« fragte er Karl. »Ich nicht. Sie haben etwas Unruhiges, finde ich.«

Eines Tages wurde Rosa krank. Es fing an mit einem Husten. Sie bellte kratzig, fast wie ein Hund, und natürlich stopfte Isolde sie in den Katzenkorb und fuhr mit ihr zu dem Tierarzt mit den hohen Rechnungen. Es gab eine Spritze, Pillen und Stubenarrest. Aber der Husten wurde nicht besser, und dann kam noch eine Halsentzündung dazu, und Rosa, ausgerechnet Rosa konnte nicht mehr fressen und magerte ab. Was für ein herzzerreißend trauriger Anblick! »Sie ist alt«, sagte der Doktor, »wir müssen abwarten, ob sie es schafft.«

Sie schaffte es nicht. Nächtelang saß Isolde an Rosas Körbchen, eine Heizdecke wurde angeschafft, Hackfleischbällchen mit Vitaminpulver gerollt, aber eines Morgens war es aus: die kleine gar nicht mehr runde Rosa schloß für immer ihre schielenden blauen Augen, seufzte und schnarchte noch einmal tief und hörte dann einfach auf zu atmen. Sie hatte die Zungenspitze zwischen den Zähnen, wie früher, und sie wachte nicht mehr auf.

Nero war wie versteinert. Er verkroch sich unter dem Bett, er fraß nicht, er putzte sich nicht. Isolde weinte sich die Augen rot. Sie wickelte Rosa in ein wunderschönes Spitzennachthemd, das ihr Robert mal aus Venedig mitgebracht hatte, »damit sie in was Italienischem beerdigt wird!«, und Robert hob im Garten unter der Magnolie ein kleines Grab aus. Da saß dann Isolde oft auf einem weißen Stuhl und weinte um ihre Rosa, und Nero lag auf ihrem Schoß, von Kummer zerrissen. Weinte er auch? Man konnte es nicht genau sehen, vielleicht kniff er nur wegen der Sonne die Augen ein wenig zusammen, aber er war still und voller Kummer, und die Mäuse huschten frech herum und wisperten: »Na, Corleone, alt geworden, was?«

Auch in diesem Jahr wollten Isolde und Robert im Herbst wieder mit ihren Bücherkoffern nach Italien fahren.

»Ich bring es einfach nicht übers Herz, den kleinen traurigen Kerl jetzt hier allein zu lassen«, sagte Isolde, als es ans Packen ging, und Robert antwortete: »Er hat doch Frau Wiegand, die tut alles für ihn.«

»Trotzdem«, seufzte Isolde, »er tut mir so leid ohne sein Mädchen … und dann auch noch ohne uns … wir nehmen ihn diesmal mit.«

»Bist du verrückt?« sagte Robert. »Das sind zehn Stunden im Auto, und weißt du noch …«

»Jaja«, sagte Isolde, »damals war er ja noch klein. Das übersteht er schon, er wird bestimmt während der Fahrt schlafen. Und vielleicht tröstet es ihn, seine alte Heimat wiederzusehen.«

Heimat.

Bei diesem Wort spitzte Nero in all seinem Gram die Ohren. Er schloß die Augen und sah den Hof, die Madonnina, seine Mutter, den alten Hund, den Esel, die Hühner. Er hörte die silbrigen Blätter der Olivenbäume rauschen und erinnerte sich, wo der Bauer das Beet mit der Katzenminze hatte. Heimat! Letztlich, *tutti santi in colonna*, bei allen Säulenheiligen, letztlich war er Italiener, er war alt, er war müde, und er wollte auf einmal nur noch nach Hause. Er wußte, daß er jetzt tüchtig um Isolde herumscharwenzeln mußte, dann würde sie ihn schon mitnehmen. Denn soviel hatte Nero in all den Jahren gelernt: in diesen Dingen des Alltags hatte Robert letztlich nichts zu sagen. Gut, er bestimmte, ob sich die Amerikaner in Haiti einmischen sollten oder nicht; ob man die Grünen wählen sollte oder nicht; ob der amerikanische Dollar fiel oder stieg und ob nun Peter Handke ein großer Dichter war oder nicht. Aber Isolde bestimmte, was gekocht wurde, ob ein Weihnachtsbaum aufgestellt wurde, wann und wohin man verreiste und ob Katzen in Betten schlafen sollten oder nicht. (Sie sollten.)

Isolde bestimmte, daß Nero mit nach Italien fahren durfte. Frau Wiegand wurde diesmal abbestellt, das Haus verriegelt, und Nero ergab sich in sein Schicksal: zehn Stunden im Körbchen. Er seufzte tief, rollte sich fest zusammen und schlief ohne eine einzige Klage ein. Er träumte von der ersten langen Reise, vor vielen Jahren, mit Rosa, seinem kleinen Mädchen, er träumte von den italienischen Nächten, in denen der Himmel blauer und die Sterne näher waren als in Deutschland, vom Duft der Holzscheite in den Kaminen und von seiner Mutter, der

Madonnina, an die er fünfzehn Jahre nicht gedacht hatte.

»Mamma«, dachte er, »Mamma, dein kleiner Junge kommt nach Hause.«

Aber die Madonnina lebte natürlich längst nicht mehr. Gleich nach der Ankunft und nach einem Teller mit kräftigendem Suppenfleisch stiefelte Nero vorsichtig den Hügel hinunter und über die Wiese zu seinem alten Bauernhof. Die Kirchturmuhr von Carlazzo bimmelte eine ihrer schrägen Melodien, und Nero duckte sich hinter die Haselnußhecke und sah hinüber auf den Hof.

Der Bauer war alt und krumm geworden und streute gerade Körner für die Hühner aus, ein großer, bunter Hahn war dabei. Nero bemühte sich, jemanden wiederzuerkennen, aber die dummen Hühner sahen für ihn immer alle gleich aus, er hatte sie schon damals nicht auseinanderhalten können. Offensichtlich gab es keinen Hund mehr – niemand bellte. Er sah verschiedene Katzen herumhuschen oder träge auf den Dächern von Schuppen und Hühnerstall liegen, er kannte sie nicht und sie kamen ihm doch vertraut vor – graue, schwarzweiße, rotweiße, eindeutig Kinder oder Enkel der Madonnina. Die Madonnina sah er nicht.

Als es dämmerte, nickte er da im Gras ein wenig ein – zwischen diesen beiden Häusern, dem Bauernhof, von dem er stammte, und dem Haus auf dem Hügel, das Menschen gehörte, bei denen er ein langes schönes Katerleben hatte leben dürfen. Isolde hatte die Fenster weit geöffnet, packte die Koffer aus und hörte laut Musik von Rossini.

»Kater bei Rossini«, dachte Nero schläfrig, »das wär auch was gewesen.« Dazu muß man wissen, daß Rossini nicht nur ein wunderbarer italienischer Komponist war, sondern auch ein großartiger Koch. Noch heute sind ja die *Tournedos à la Rossini* nach ihm benannt. Die Vorstellung von Musik und guter Küche hatte für einen wie Nero Corleone etwas Unwiderstehliches. Isolde kochte zwar redlich und großzügig, aber doch ohne besondere Raffinesse. Naja, er hatte sich ja bei Feinkost Bollmann immer das besorgt, was zum Luxusleben nötig gewesen war.

An all das dachte er hier hinter der Haselnußhecke mit Blick auf seine alte bäuerliche Heimat, die ihm kleiner schien als damals und doch so vertraut.

Und plötzlich stupste ihn jemand an. Er erschrak fürchterlich, denn das war ihm, dem großen wachsamen Corleone, noch nie passiert, daß ihn jemand unbemerkt angeschlichen hatte. Sein Fell sträubte sich, er sprang auf, fuhr seine Krallen aus und ... schaute in die liebsten, rundesten, bernsteinfarbensten Augen, die er je gesehen hatte, in ein kleines graues Katzengesicht, auf ein liebes Katzenköpfchen, auf ein zierliches, graues, zauberhaftes kleines Kätzchen, ein wunderschönes Katzenfräulein. Da saß es vor ihm, brav und freundlich, und schnurrte mit einem süßen Stimmchen: »Wer bist du denn?«

Oh, diese Liebe auf den ersten Blick! Ein armer Wicht, wer das nie erlebt hat. Es ist wie ... ja, wie was? Wie ein Blitz, wie ein Donnerschlag, das Herz bebt, die Hände werden kalt und die Füße auch, weil alles Blut zum Herzen fließt. Im Kopf macht es nur noch blöde klopf-klopf-klopf, und ohne daß man irgend etwas dagegen machen könnte, breitet sich im Gesicht ein einfältiges Lächeln aus. Die Welt steht still, und doch fühlt man zum allererstenmal, daß sie sich dreht und daß man ein ganz wichtiger Teil von ihr ist, im Moment der allerwichtigste, sozusagen der Punkt, an dem die ganze Welt befestigt ist — all das passierte in diesem Augenblick und beim

Anblick dieser kleinen grauen Katze mit den
sanften Sternenaugen mit unserem Nero Corleone. Eiskalte Pfoten, glühendes Herz, ein
Krächzen im Hals. »Ich bin . . . .« wollte er sagen,
aber es klang wie rauhes Husten, und so tat er, als
müsse er sich räuspern, und legte sich wieder
hin. »Ich bin ich, und wer bist du?« sagte er von
oben herab, aber seine Stimme zitterte.

»Ich bin die Grigiolina, so nennen sie mich da
drüben jedenfalls, die kleine Graue.«

»Du bist von dort?« fragte er und zeigte mit seiner weißen Pfote hinüber zum Hof. Die Grigiolina nickte. »Ja«, sagte sie, »und weißt du was? Sie erzählen immer davon, daß es mal einen gab, der ganz schwarz war und nur eine einzige weiße Pfote hatte, die aber in allen finsteren Geschäften gesteckt hätte −« Sie lachte hell auf. »Er muß ausgesehen haben wie du, aber er ist schon vor vielen Jahren nach Deutschland gegangen.«

Nero sah die Grigiolina aufmerksam an. Sie hatte die Augen der Madonnina, sie hatte Rosas liebes Gesicht und das schöne Fell der kleinen Kleist − oh, wie verliebt er war! Was sollte er ihr nur antworten? Er war doch sonst gewitzt und schlagfertig, warum fiel ihm denn nun so gar nichts ein?

»Erzähl weiter«, bat er.

»Ach«, maunzte sie und leckte mit ihrer kleinen rauhen Zunge zärtlich über Neros Kopf, daß er erschauerte, »da gibt es nicht viel zu erzählen. Sie sprechen einfach alle von ihm. Ich weiß es von meiner Mamma, die weiß es von ihrer Mamma, der Esel hat ihn gekannt, und ein ganz altes Huhn ist da, Camilla, und Camilla erinnert sich noch genau an ihn. Sie nannten ihn Don Nero Corleone.«

Und sie putzte sich und ihn und schnurrte und sah ihn lieb an. »Und du«, fragte sie, »wie heißt du?«

Nero seufzte tief und schloß die Augen. Sein Herz pochte zum Zerspringen. Sein ganzes Leben rollte vor ihm ab, die Vergangenheit und auch die Zukunft, die Jugend dort auf dem Hof, die Jahre in Deutschland, wo er Freunde gefunden hatte und eine Vorstellung vom Alter, hier, auf seinem Bauernhof, an der Seite dieser kleinen bezaubernden Katze.

»Grigiolina«, sagte er ernst und mit seinem tiefsten Katergrollen und legte der Grauen seine weiße Pfote fest auf den kleinen Kopf: »Spring hinüber und sag es allen: Don Nero Corleone ist zurückgekehrt.«

In den nächsten Tagen verließ Nero kaum das Haus auf dem Hügel. Er konnte noch nicht. Er war noch nicht soweit. Er fürchtete sich. Wovor? Ja, wenn man das so genau wüßte ... Davor, wie man ihn drüben aufnehmen würde; davor, die Grigiolina wiederzusehen; davor, noch einmal ganz von vorn anzufangen; davor, alles aufzugeben, was doch sein Zuhause geworden war – die Teppiche, die weichen Sofas, die warmen Betten, die reichlich gefüllten Teller. Isoldes Schoß. Isolde!

»So anhänglich war er noch nie«, sagte Isolde gerührt zu Robert, der wieder mal an einem besonders dicken neuen Roman prüfte, ob denn nun Peter Handke ein guter Dichter war oder nicht.

»Was?« fragte Robert, der nicht richtig zugehört hatte.

»Er ist so anhänglich. Seit Rosa tot ist, weicht er mir gar nicht mehr von der Seite, mein kleiner Neroprinz«, und sie streichelte seinen schwarzen Kopf und grub ihre Nase zwischen seine Ohren. »Wir beide«, sagte sie leise, »du und ich, wir bleiben immer zusammen.«

Neros Herz zog sich zusammen vor Liebe und Kummer. Er seufzte tief und dachte: »Nein, Schönste. Eben nicht.«

Und dann sprang er von ihrem Schoß und ging hinaus. Er lief langsam hinüber zum Hof, Schritt für Schritt. Er schlüpfte unter dem Zaun durch und stand da, in der Nähe des Beetes mit der Katzenminze. Er kannte alles wieder, den Heuschuppen, die paar Weinstöcke, die Olivenbäume, er sah die Hühner picken. Die Hundehütte stand noch da, auch die Kette war zu sehen, aber die Hütte war leer. Nero hatte den

Hund wirklich nicht gemocht, aber merkwür-
dig, jetzt fehlte er ihm beinahe. »Alter Junge«,
dachte Nero, »bist wohl schon im Hundehim-
mel und störst da alle mit deiner Bellerei.« Ein
grauweiß gestreifter Kater kam auf Nero zu-
geschlichen. Er hatte die Ohren kampfeslustig
angelegt und den Schwanz dick gesträubt. Er
fauchte leise und drohend. Nero blieb ganz
ruhig stehen und ließ ihn herankommen, was
den andern sehr verunsicherte. Er blieb auch
stehen.

»Hau ab, du«, fauchte er.

»Nein«, sagte Nero freundlich, aber bestimmt.
»Im Gegenteil, ich komm grade erst. Besser, du
machst dich nicht so wichtig, wenn du nicht
weißt, wen du vor dir hast, *d'accordo,* verstanden?« Und er ging mit erhobenem Kopf einfach
an dem jungen, starken Kater vorbei, ohne sich
noch einmal umzusehen.

Euch kann ich es ja verraten, aber es sollte
unter uns bleiben: er hatte dabei ein kleines
bißchen Angst. Er war innen nicht so groß wie er
außen tat, wenn ihr versteht, was ich meine. Er
wußte nicht, was er getan hätte, wenn ihm der
grauweiß Gestreifte jetzt zornig auf den Rücken
gesprungen wäre. Aber es passierte gar nichts.
Der andere blieb verdutzt sitzen, und Nero hielt

Einzug auf seinem Hof. Die Hühner blickten hoch, und ein uraltes, zerzaustes, vergilbtes Huhn kam hinkend auf ihn zu und sah ihn mit einem Auge – das andere war blind – lange an.

»Corleone«, krächzte es, »bist du heimgekehrt? Ich wußte es, daß du wiederkommst. Ich habe nie vergessen, daß du mir mal ein gekochtes Ei gebracht hast.«

»Camilla«, sagte Nero gerührt, »und du bist nicht in der Suppe gelandet?« »Wie du siehst«, kicherte Camilla, »zu zäh, zu zäh.«

Plötzlich kam die Grigiolina angesprungen.

»Da bist du ja!« rief sie aufgeregt, »ich habe allen von dir erzählt, willkommen daheim!«, und sie leckte Nero eifrig übers Gesicht.

Die andern Katzen schlichen näher, vorsichtig, aber nicht feindselig. »Ich habe deine Mutter noch gekannt«, sagte eine Schwarzweiße, »sie war sehr stolz auf dich und hat oft von dir gesprochen. Was hast du gemacht in Deutschland?«

»Dies und das«, sagte Nero, »Geschäfte und so weiter. Jetzt bin ich müde und will meine Ruhe haben.«

»Spiel dich hier ja nicht auf«, brummte der grauweiß Gestreifte mißmutig, »du bist hier nicht der King.«

Nero legte seinen Kopf schief und sah ihn so lange an, daß der grauweiß Gestreifte schon unsicher wurde.

»Wie heißt du?« fragte Nero.

»Der Bauer nennt mich *mascalzone*«, sagte der grauweiß Gestreifte, und das heißt: Halunke. »Guter Name«, nickte Nero anerkennend. »Als ich so jung war wie du, hab ich mich auch so benommen. Man muß nur immer wissen, wen man vor sich hat.« Er zeigte Mascalzone seine weiße Pfote. »Sieh zu, daß du die nie zu spüren kriegst«, warnte er, »in Ordnung, *va bene?*« Der grauweiß Gestreifte kniff den Schwanz ein und ging brummelnd weg. »Ganz der Alte!« rief Camilla, das halbblinde Huhn entzückt und gackerte.

»Komm«, sagte die Grigiolina, »ich zeig dir einen schönen Platz im Heu, da kannst du schlafen.«

Und sie ging mit ihm und setzte sich neben ihn ins Heu, da, wo man von der Luke aus den Ort Carlazzo und den ganzen Hof gut überblicken konnte. Gegen Abend kam der Bauer mit dem großen Blechtopf und brachte das Futter für die Katzen. Nero ging nicht hinunter. »Bring mir was mit«, sagte er zur Grigiolina, und sie sprang davon und kam mit einem schönen Brocken Fleisch zurück.

»Der Bauer ist freundlich«, sagte sie, »du kannst ruhig hinuntergehen, er wird dich nicht verjagen.«

»Noch nicht«, sagte Nero, »ich habe meine Gründe.« Und er schaute ihr in die sanften Augen. »Du siehst aus wie jemand, den ich sehr geliebt habe«, sagte er, und die Grigiolina schnurrte glücklich.

In dieser Nacht schlich Nero noch einmal hinüber in das Haus auf dem Hügel. Er kroch zu Isolde ins Bett, und sie sagte schlaftrunken: »Da bist du ja, mein Äffchen, ich hab dich gesucht. Wo warst du?«

Nero drückte sich fest an Isoldes Bein und schnurrte. Sie schlief wieder ein, aber er nicht. Er lag wach bis zum Morgen und dachte an all die Teller, die sie ihm gefüllt hatte. Er dachte an ihre Hand, die ihn tausendmal gestreichelt hatte, an all die dummen Namen, die sie ihm gegeben hatte, aus Liebe! aus Liebe! Er dachte an die Tierarztbesuche, wenn er krank war, an die Essigtinktur, die sie für seine Pfote gemacht hatte, als ihn die Biene gestochen hatte, und an all die Papierbällchen, die sie ihm an langweiligen Regentagen durch die Wohnung geschossen hatte. Er dachte daran, wie sie immer zuerst nach ihm gerufen hatte, wenn sie heimkam, und er hörte auf Roberts leises Schnarchen und dachte daran, wie oft Robert ihn geknufft und »na, alter Junge« zu ihm gesagt hatte.

Er nahm Abschied. Als es hell wurde, leckte er mit seiner rauhen Zunge ganz vorsichtig Isoldes Hand, die über den Bettrand hinunterhing, und steckte seine Nase noch einmal tief in ihren blauen Samtpantoffel. Dann kletterte er durchs offene Fenster nach draußen und lief zum Hof hinüber, wo gerade der Hahn zum erstenmal krähte.

Vier Tage und vier Nächte versteckte er sich im Heu, fraß nichts, sagte nichts, wollte niemanden sehen, duldete nur die Grigiolina in seiner Nähe, die sich Sorgen machte. Vier Tage und vier Nächte hörte er Isolde nach ihm rufen. Er hörte sie mal nah, mal fern, mal unten im Tal, mal oben auf dem Berg, und sie rief all diese törichten Namen – mein Prinzchen, mein Engelchen, mein kleiner Hase. Mein Nero, wo bist du. Er muckste sich nicht. Er muckste sich auch nicht, als sie auf den Hof kam und den Bauern fragte. Nein, den Nero hatte er nicht gesehen, und den würde er doch sofort wiedererkennen. Ja, natürlich würde er sie benachrichtigen, wenn er auftauchte. Isolde weinte und ging.

Nero steckte seinen Kopf noch tiefer ins Heu.

Dann wurden drüben die Fensterläden geschlossen und das Auto beladen. Ein letztes Mal hörte er Isoldes tränenersticktes Rufen. Als das Auto abfuhr, kroch er aus dem Heu, kletterte auf das Dach und sah ihm mit milchigen Augen nach, bis es in der Kurve hinter der Kirche verschwunden war.

»*Arrivederci*«, murmelte er, »Isolde, leb wohl, *ciao, Roberto, ragazzo mio*, alter Junge, paß gut auf unser Mädchen auf, du weißt ja, ohne uns ist sie völlig hilflos.«

Und dann ging er hinunter auf den Hof, wo der Bauer in den Beeten hackte und runde Augen bekam, als er ihn sah.

»Du Satan«, sagte er. Mehr nicht. Sie sahen sich lange an, der alte Bauer und der alte Kater, und dann streckte der Bauer die runzlige Hand aus und strich Nero über den Kopf. »Na dann«, sagte er und arbeitete weiter. Nero setzte sich

zu ihm, tat, als ginge ihn das alles gar nichts
an, putzte sein Fell, und die Grigiolina sprang
herbei und brachte ihm eine frischgefangene,
leckere kleine italienische Maus und

AUS.